अधूरी कहानियाँ

प्यार, इंतज़ार और फैसलों की 12 सच्ची-सी कहानियाँ

Gyan Prakash Upadhyay

Contents

कहानी 1 – वो ट्रेन जो छूट गई

स्टेशन पर भीड़ थी, लेकिन उसके आसपास सब कुछ अजीब तरह से खाली लग रहा था। घड़ी ने सात बजकर पचपन मिनट दिखाए। ट्रेन आठ बजे की थी और बस पाँच मिनट बचे थे। प्लेटफॉर्म पर लोगों की आवाज़ें थीं, पर उसके भीतर एक अजीब सी खामोशी फैल चुकी थी।

वो प्लेटफॉर्म के किनारे खड़ी थी। हाथ में छोटा सा बैग था और आँखों में ऐसा सवाल, जिसे किसी से पूछा नहीं जा सकता था। वो उससे दो कदम पीछे खड़ा था— इतना पास कि चाहें तो उसका नाम पुकार ले, और इतना दूर कि आवाज़ गले में ही अटक जाए।

तीन साल पहले, इसी स्टेशन से सब शुरू हुआ था। तब बातें आसान थीं और फैसले मुश्किल। आज हालात बदल गए थे। अब फैसले आसान थे, और बातें बहुत भारी।

“कुछ कहना है?” उसने बिना पलटे पूछा।
वो जानती थी कि वो वहीं खड़ा है।

उसने जवाब नहीं दिया। सच ये था कि कहने के लिए बहुत कुछ था, लेकिन सही शब्द कहीं खो गए थे। स्टेशन पर अनाउंसमेंट हुई—गाड़ी अपने गंतव्य की ओर प्रस्थान करने वाली थी।

उसने बैग को थोड़ा और कसकर पकड़ लिया। “अगर मैं चली जाऊँ, तो क्या फर्क पड़ेगा?” उसने धीमे से पूछा।

वो हल्का सा हँसा। उस हँसी में खुशी नहीं थी। “फर्क तब पड़ता है, जब कोई रोक ले,” उसने कहा।

वो मुड़ी और उसे देखा। आँखों में उम्मीद थी, लेकिन सामने वही पुरानी चुप्पी खड़ी थी। लोग ट्रेन में चढ़ने लगे। प्लेटफॉर्म धीरे-धीरे खाली हो रहा था।

वो एक कदम आगे बढ़ी, फिर रुक गई। “मैंने इंतज़ार किया था,” उसने कहा, “हर उस दिन, जब तुमने कहा था —थोड़ी देर और।”

वो नीचे देख रहा था, जैसे जवाब ज़मीन पर कहीं गिर गया हो। “अब देर हो गई है,” उसने कहा—शायद उससे ज़्यादा खुद से।

सीटी बजी और दरवाज़े बंद होने लगे। उसने आख़िरी बार उसकी तरफ देखा। उसकी आँखों में कोई शिकायत नहीं थी, बस थकान थी।

ट्रेन चल पड़ी।

वो वहीं खड़ा रहा, जब तक ट्रेन एक धुंधली लकीर बनकर नज़र से ओझल नहीं हो गई। फिर उसने जेब से फोन निकाला। एक ड्राफ्ट खुला था—"रुक जाओ।" तीन साल से वही शब्द लिखे थे, कभी भेजे नहीं गए।

आज भेजने की ज़रूरत भी नहीं रही थी।

वो ट्रेन छूट गई थी।
और कुछ कहानियाँ, शायद हमेशा के लिए अधूरी रह जाती हैं।

कहानी 2 – आख़िरी चाय

रेलवे रोड के कोने पर वही छोटा सा कैफ़े था, जहाँ कभी घंटों बैठकर बातें हुआ करती थीं। आज भी वही मेज़ थी, वही कुर्सियाँ—बस उनके बीच की चुप्पी नई थी। चाय आ चुकी थी, लेकिन भाप जल्दी ही उड़ने लगी थी, जैसे बातचीत शुरू होने से पहले ही थक गई हो।

"चीनी ठीक है?" उसने यूँ ही पूछ लिया।
वो हल्की सी मुस्कराई। "तुम्हें याद है अब भी?"

उसने सिर हिलाया। कुछ आदतें याद रखने के लिए नहीं होतीं—वो खुद ही साथ चलती हैं। दोनों कप मेज़ के बीच रखे थे, और उन कपों के बीच सालों की खामोशी पसरी हुई थी।

"शादी कब है?" उसने अचानक पूछा। सवाल सीधा था, पर जवाब भारी।
"अगले महीने," वो बोली। आवाज़ में खुशी नहीं थी—बस एक तयशुदा सच था।

उसने कप उठाया और एक घूंट लिया। चाय ठंडी हो चुकी थी। "वो अच्छा इंसान है?"

"हाँ," उसने कहा, फिर थोड़ा रुककर जोड़ा, "मेरे लिए।"

कैफ़े में शोर बढ़ने लगा था। लोग आते-जाते रहे, लेकिन उनका पल वहीं अटका था। उसने कुछ कहना चाहा—शायद वही पुराना "अगर"—पर शब्द गले में अटक गए। कुछ सवाल अगर पूछ लिए जाएँ, तो जवाब ज़िंदगी बदल देते हैं।

वो उठी और बैग संभाला। "चलती हूँ," उसने कहा, "देर हो रही है।"

"ख़याल रखना," उसने जवाब दिया। ये शब्द आसान थे, इसलिए कह दिए गए।

वो दरवाज़े तक पहुँची, एक पल को रुकी—जैसे कुछ पीछे छूट गया हो। फिर बिना मुड़े बाहर चली गई। वो वहीं बैठा रहा, मेज़ पर रखे दो कपों को देखता हुआ।

वेटर आया। "एक और चाय?"

उसने मना कर दिया।

कुछ मुलाक़ातें आख़िरी होती हैं—भले ही उन्हें आख़िरी कहने की हिम्मत कोई न करे। उस दिन, उस कैफ़े में, ठंडी चाय के साथ एक कहानी भी खत्म हो गई।

कहानी 3 – नाम उसके बिना

डायरी के पहले पन्ने पर एक नाम लिखा था—पूरा नहीं, सिर्फ पहला अक्षर। वो अक्षर सालों से वहीं था, जैसे किसी फैसले का इंतज़ार कर रहा हो। हर शाम छत पर बैठते वक्त उसकी उंगलियाँ अनजाने में उसी पन्ने तक पहुँच जातीं।

चाय ठंडी होती रहती, पर वो अक्षर गर्म रहता—यादों की तरह। उससे कभी "प्यार" नहीं कहा गया था, और उसने कभी ज़िद नहीं की। कुछ रिश्ते शब्दों से नहीं, खामोशी से चलते हैं—और वही खामोशी उन्हें गहरा बना देती है।

लोग पूछते थे, "कोई है क्या?"
वो मुस्करा कर कह देती, "नहीं।"
और उस मुस्कान के पीछे वही अधूरा अक्षर और गहरा हो जाता।

जब शादी की बात चली, घर में रौनक आ गई। तैयारियाँ शुरू हो गईं, तारीख़ तय हुई। उसी रात उसने पहली बार पूरा नाम लिखने का सोचा। कलम हाथ में ली, पर

उंगलियाँ काँप गईं। अगर नाम पूरा लिखा, तो उसे छोड़ना पड़ेगा—और अगर नहीं लिखा, तो मानना पड़ेगा कि वो कभी उसका था ही नहीं।

एक बूँद काग़ज़ पर गिरी और स्याही फैल गई। उसने डायरी बंद कर दी।

शादी के बाद नया घर था, नई अलमारियाँ, नई ज़िम्मेदारियाँ। सब कुछ नया—बस वो डायरी वही रही। एक दिन सफ़ाई करते वक्त वो फिर हाथ लग गई। उसने खोली और पहले पन्ने पर वही अधूरा अक्षर देखा।

इस बार हाथ नहीं काँपा। उसने पेन उठाया और उस अक्षर के आगे एक सीधी रेखा खींच दी—ना नाम मिटाया, ना पूरा किया।

कुछ रिश्ते नाम के मोहताज नहीं होते। वो साथ नहीं रहते, पर अलग भी नहीं होते। और शायद यही उनकी पूरी कहानी होती है—नाम उसके बिना।

कहानी 4 – सात साल बाद

सात साल बहुत होते हैं। इतने कि इंसान अपनी ज़िंदगी को "ठीक" कहना सीख जाए—भले ही भीतर कुछ अधूरा ही क्यों न रह जाए। वो शादीशुदा था, एक बच्चा भी था, और बाहर से सब कुछ सही दिखता था। बस कहीं अंदर एक कोना ऐसा था, जहाँ समय अब भी रुका हुआ था।

उस दिन वो मेडिकल स्टोर पर रुका था। बच्चे की दवा लेनी थी। काउंटर पर खड़े-खड़े अचानक एक जानी-पहचानी आवाज़ सुनाई दी। आवाज़ बदली नहीं थी, बस उसमें हल्की सी थकान घुल गई थी।

वो पलटा।
सात साल बाद, वो सामने खड़ी थी।

बालों में हल्की सफ़ेदी आ गई थी, आँखों में वही पुरानी शांति थी—जिसे वो कभी समझ नहीं पाया था। दोनों कुछ पल बस देखते रहे, जैसे शब्दों को पहले ही थका दिया गया हो।

“कैसी हो?” उसने पूछा।
“ठीक,” वो बोली। फिर जोड़ा, “तुम?”

“ठीक,” उसने भी वही जवाब दिया। यही सबसे आसान सच था।

दुकान छोटी थी, लेकिन उनके बीच सात साल की दूरी खड़ी थी। दवाइयाँ पैक हो रही थीं और यादें खुली पड़ी थीं।

“बच्चे हैं?” उसने पूछा।
“हाँ,” वो बोला। “एक बेटा।”

उसने मुस्कराने की कोशिश की, लेकिन मुस्कान अधूरी रह गई। “अच्छा है,” उसने कहा।

“तुम?” उसने पलटकर पूछा।
“नहीं,” वो बोली। “शादी तो हुई… लेकिन कुछ कहानियाँ वहीं रुक जाती हैं।”

उसने कुछ कहना चाहा, मगर शब्द अब भी समय पर नहीं आते थे। पैसे दिए गए, दवा ली गई। बाहर निकलते हुए उसने कहा, “अच्छा लगा तुम्हें देखकर।”

वो रुकी, फिर बोली, “मुझे भी।”
एक पल रुककर—“कुछ अधूरा, आज पूरा-सा लग गया।”

वो कुछ नहीं बोला। क्योंकि कुछ मुलाक़ातें इसलिए नहीं होतीं कि कहानी फिर से शुरू हो—बल्कि इसलिए होती हैं कि इंसान उसे शांति से बंद कर सके।

वो अलग-अलग दिशाओं में चले गए।
सात साल बाद।
और पहली बार—बिना किसी दर्द के।

कहानी 5 – एक मैसेज जो नहीं भेजा

फोन हाथ में था और स्क्रीन की रोशनी कमरे की दीवार पर हल्की सी परछाईं बना रही थी। रात के दो बज चुके थे। नींद नहीं आ रही थी—जैसे कई रातों से नहीं आई थी। दिल थका हुआ था, लेकिन उंगलियाँ अब भी उस नाम तक पहुँच जाती थीं, जिसे मिटाने की हिम्मत कभी नहीं हुई।

चैट खोली। आख़िरी मैसेज तीन साल पुराना था—"ख़याल रखना।" उसके नीचे खाली जगह थी, बहुत सारी खाली जगह। उसने टाइप किया, "आज बहुत याद आई।" फिर मिटा दिया। दोबारा लिखा, "सब ठीक है?" और तुरंत लगा—पूछकर क्या हासिल होगा?

तीसरी बार उंगलियाँ रुकीं। "अगर उस दिन रुक जाते तो..." वाक्य अधूरा रह गया। जैसे उनकी कहानी। उसने फोन साइड में रख दिया और छत को देखने लगी।

ज़िंदगी चल रही थी—घर, रिश्ते, ज़िम्मेदारियाँ—पर कुछ खाली जगहें थीं, जो किसी नाम से नहीं भरतीं।

पाँच मिनट बाद फोन फिर उठाया। इस बार सिर्फ एक लाइन लिखी—“मैं खुश हूँ।” उसने खुद पर हल्की सी हँसी हँसी। झूठ लिखना अब आसान हो गया था। मैसेज डिलीट किया, फोन लॉक किया—और फिर अनलॉक।

नया मैसेज। “क्या तुम भी कभी…” तीन डॉट्स। वो देर तक उन्हीं तीन डॉट्स को देखती रही, जैसे सामने कोई बैठा हो और सोच रहा हो कि क्या कहा जाए। आँखें भर आईं। उसने पूरा चैट डिलीट कर दिया—नाम भी।

फोन नीचे रखा गया। कमरे में खामोशी फैल गई। उस खामोशी में एक मैसेज हमेशा के लिए न भेजा रह गया।

कुछ बातें कह दी जाएँ तो भारी पड़ जाती हैं, और कुछ न कही जाएँ तो इंसान को ज़िंदगी भर हल्का कर देती हैं।

कहानी 6 – शादी के बाद का प्यार

शादी के बाद प्यार कम नहीं होता, बस उसका शोर खत्म हो जाता है। वो अब दिखावे में नहीं रहता—छोटी-छोटी आदतों में छुप जाता है। सुबह की चाय बिना पूछे बन जाना, नमक ज़्यादा है या कम—इस पर बहस न होना, और देर रात तक जागने की ज़रूरत न पड़ना।

उनकी ज़िंदगी भी कुछ ऐसी ही थी। वो ऑफिस निकलता, वो बच्चे को स्कूल छोड़ती। दिन बीतते रहते, जैसे सब कुछ अपनी जगह पर हो। प्यार की बात कभी नहीं होती थी, लेकिन शिकायत भी नहीं थी।

एक रात वो बीमार पड़ गई। तेज़ बुखार था और शरीर में अजीब सी कमजोरी। आधी रात को वो उठा। पानी लाया, दवा ढूँढी, बच्चे की चादर ठीक की। कुछ कहा नहीं—बस करता रहा।

सुबह जब उसकी आँख खुली, तो सिरहाने चाय रखी थी। भाप अब भी उठ रही थी। पास में एक छोटा सा काग़ज़ रखा था—"दवा खा लेना।" बस इतना ही।

उस पल उसे समझ आया कि प्यार अब शब्दों में नहीं, ज़िम्मेदारियों में रहता है।

शाम को वो जल्दी घर आ गया। बच्चा सो चुका था। वो बालकनी में बैठी थी, शहर की रोशनियों को देखती हुई।
"तबीयत कैसी है?" उसने पूछा।
"ठीक," वो बोली, फिर हल्के से कहा, "धन्यवाद।"

वो मुस्कराया। "इसके लिए धन्यवाद नहीं कहते।"

दोनों चुपचाप बैठे रहे। हवा चल रही थी, नीचे सड़क की आवाज़ें थीं। उस खामोशी में कोई अधूरापन नहीं था। वहाँ भरोसा था—शांत, गहरा और स्थिर।

कुछ प्यार आवाज़ नहीं करते।
वो बस साथ निभाते हैं।

कहानी 7 – माँ की पसंद

माँ ने जब पहली बार उसकी तस्वीर दिखाई, तो उसने तुरंत कुछ नहीं कहा। तस्वीर ठीक थी—सलीके वाली लड़की, साधारण मुस्कान, और आँखों में शांति। घर-परिवार भी ठीक बताया गया। सब कुछ "ठीक" था, बस दिल कहीं और अटका हुआ था।

"कुछ बोलता क्यों नहीं?" माँ ने पूछा।
वो हल्का सा मुस्करा दिया। "आप ठीक समझती हों, तो मुझे कोई आपत्ति नहीं।"

माँ की आँखों में राहत उतर आई। पापा के जाने के बाद उसने माँ को बहुत कम मुस्कराते देखा था। उसकी पसंद के खिलाफ़ जाना, उसे सही नहीं लगा।

शादी तय हो गई। घर में हलचल थी—रिश्तेदार, तैयारियाँ, हँसी। और उसके भीतर एक अजीब सी शांति थी, जैसे कोई लंबी बहस आखिरकार खत्म हो गई हो।

नई ज़िंदगी शुरू हुई। वो कम बोलती थी, लेकिन हर बात का ध्यान रखती थी। समय पर खाना, घर की

छोटी-छोटी ज़रूरतें, माँ की दवाइयाँ—सब कुछ बिना कहे संभाल लेती थी।

एक शाम उसने धीरे से पूछा, “आप खुश हैं न?”
सवाल छोटा था, लेकिन भारी।

वो कुछ पल चुप रहा, फिर बोला, “मैं कोशिश करता हूँ।”

वो कुछ नहीं बोली। शायद समझ गई।

समय बीतता गया। एक दिन माँ की तबीयत ज़्यादा बिगड़ गई। रातें अस्पताल में कटने लगीं। वो दोनों बारी-बारी से जागते रहे—कभी दवा, कभी पानी, कभी बस हाथ थामे बैठे रहना।

एक रात माँ ने उसका हाथ पकड़ा। “तूने मेरे लिए अपनी पसंद छोड़ दी,” माँ ने कहा। “मैं जानती हूँ।”

उसकी आँखें भर आईं।
माँ ने उसकी पत्नी की ओर देखा और हल्के से मुस्कराईं। “पर इस लड़की ने तुझे अपना बना लिया है।”

वो पहली बार उसे ध्यान से देखने लगा। थकी हुई आँखें थीं, लेकिन उनमें शिकायत नहीं थी—सिर्फ़ अपनापन था। उसी पल उसे समझ आया कि प्यार हमेशा पसंद से नहीं आता।

कभी-कभी वो ज़िम्मेदारी से जन्म लेता है।
और धीरे-धीरे, घर बन जाता है।

कहानी 8 – आधा सच

उसने सच कहा था—बस पूरा नहीं।
और कई बार आधा सच, पूरे झूठ से ज़्यादा नुकसान कर देता है।

“क्या तुम पहले किसी से प्यार करती थीं?” उसने यूँ ही पूछ लिया। सवाल साधारण था, आवाज़ भी। लेकिन कमरे की हवा अचानक भारी हो गई।

वो कुछ पल चुप रही, फिर बोली, “हाँ... पर अब वो बात नहीं रही।”
ये सच था, मगर अधूरा।

उसने सिर हिलाया। शायद जवाब उसकी उम्मीद से बेहतर था। वो जानना नहीं चाहता था कि वो प्यार कितना गहरा था, क्योंकि कुछ गहराइयाँ रिश्तों में दरार छोड़ जाती हैं।

शादी को तीन साल हो चुके थे। घर में हँसी भी थी, तकरार भी। सब कुछ सामान्य लग रहा था, लेकिन कुछ बातें ऐसी थीं, जो कभी पूरी तरह सामने नहीं आईं। वो

दोनों जानते थे कि उन बातों को छेड़ना आसान नहीं होगा।

एक दिन अलमारी साफ़ करते हुए उसे एक पुराना लिफ़ाफ़ा मिला। पीला पड़ चुका था, किनारे घिसे हुए। उस पर लिखा नाम देखकर उसका दिल एक पल को ठहर गया। उसने लिफ़ाफ़ा खोला नहीं—बस देर तक हाथ में पकड़े रखा।

रात को उसने वही लिफ़ाफ़ा उसके सामने रख दिया।
"ये क्या है?" उसने पूछा।

वो समझ गई।
"पुरानी बात है," उसने कहा। "अब कोई मायने नहीं।"

वो चुप रहा। फिर बोला, "पूरा सच बताओ।"

वो बैठ गई। कुछ पल बाद बोली, "मैं उससे बहुत प्यार करती थी। इतना कि खुद को भूल गई थी।" शब्द सीधे दिल पर लगे।

"तो फिर?" उसने धीरे से पूछा।

“तो फिर उसने मुझे नहीं चुना,” वो बोली। “और मैंने तुम्हें चुना।”

ये भी सच था—पर आधा।

उस रात दोनों एक ही बिस्तर पर थे, लेकिन पीठ फेरकर सोए। सुबह चाय बनी, अख़बार आया, काम पर जाने की जल्दी हुई। बाहर से सब वैसा ही था, लेकिन रिश्ते में एक महीन सी दरार पड़ चुकी थी।

क्योंकि पूरा सच दर्द देता है—
और आधा सच, रिश्तों को धीरे-धीरे खोखला कर देता है।

कहानी 9 – जिस दिन उसने नहीं रोका

वो दिन किसी खास तारीख़ जैसा नहीं था। न मौसम बदला था, न घर का हाल। बस एक सूटकेस दरवाज़े के पास रखा था, और कमरे में अजीब सी शांति पसरी हुई थी—ऐसी शांति, जो आने वाली कमी की खबर पहले ही दे देती है।

"मैं कुछ दिनों के लिए जा रहा हूँ," उसने कहा।
आवाज़ सामान्य थी, जैसे रोज़मर्रा की कोई बात हो।

वो जानती थी कि "कुछ दिन" अक्सर बहुत लंबे हो जाते हैं। उसने पूछा, "कब लौटोगे?"
उसने कंधे उचका दिए। "पता नहीं।"

ये जवाब भी सच था—और चेतावनी भी।

वो उसके पास आई। कुछ कहना चाहा, लेकिन हर बार जब उसने पहले कुछ कहा था, वो सुना नहीं गया था। आज शब्दों ने भी साथ छोड़ दिया। वो चुप रही।

उसने जूते पहने, चाबी उठाई और दरवाज़ा खोला। बाहर जाने से पहले एक पल के लिए रुका—शायद बस एक शब्द की उम्मीद में।

"ध्यान रखना," उसने कहा।
बस यही।

वो पलटा, जैसे कुछ कहना चाहता हो, लेकिन तब तक दरवाज़ा बंद हो चुका था। आवाज़ हल्की थी, मगर असर गहरा।

दिन बीते। हफ्ते निकल गए। फिर महीने। फोन नहीं आया। उसने भी नहीं किया। अहंकार दोनों तरफ़ बराबर था—और दूरी उससे तेज़ बढ़ रही थी।

एक दिन वो वापस आया। सिर्फ़ सामान लेने। घर वैसा ही था, लेकिन दीवार से उसकी तस्वीर हटा दी गई थी।
"तुमने इंतज़ार नहीं किया," उसने कहा।

वो थकी हुई मुस्कान के साथ बोली, "और तुमने मुड़कर देखा भी नहीं।"

कुछ रिश्ते एक पल में नहीं टूटते।
वो धीरे-धीरे बिखरते हैं—
और अक्सर जिस दिन कोई किसी को नहीं रोकता,
उसी दिन सब कुछ खत्म हो जाता है।

कहानी 10 – दूसरा शहर

नया शहर अक्सर नई शुरुआत के लिए नहीं चुना जाता। कभी-कभी वो सिर्फ़ इसलिए चुना जाता है, ताकि पुराने शहर की गलियों से बचा जा सके। उसने भी यही किया था—नौकरी बदली, शहर बदला, और खुद को समझाया कि अब सब आसान हो जाएगा।

नया कमरा छोटा था, लेकिन खिड़की बड़ी थी। बाहर सड़क हमेशा जागती रहती—हॉर्न, लोग, भागती ज़िंदगी। उसे लगा था कि इस शोर में यादें दब जाएँगी, पर यादें शोर से नहीं डरतीं।

दिन ऑफिस में निकल जाते। शामें मेट्रो और थकान में। रात को फोन साइलेंट पर रहता, लेकिन हर नोटिफ़िकेशन पर दिल अनजाने में रुक जाता। नाम वही था, जो हटाया नहीं गया था—बस छुपा दिया गया था।

एक शाम लौटते वक्त फोन बजा। स्क्रीन पर वही जाना-पहचाना नाम चमका। उसने कॉल नहीं उठाई। शायद

अब उठाने का हक़ नहीं था। या शायद डर था—कि आवाज़ सुनते ही नया शहर भी पुराना लगने लगेगा।

रात को नींद नहीं आई। खिड़की से बाहर अनजान इमारतें थीं, पर भीतर वही पुराना शहर जाग रहा था—वही सड़कें, वही मोड़, वही मुलाक़ातें। उसने खुद से कहा, "अब आगे बढ़ना है।"

अगले दिन फिर कॉल आया। इस बार उसने उठा लिया।
"कैसे हो?" उसने पूछा।
"ठीक," वो बोली। "तुम?"

"दूसरे शहर में हूँ," उसने कहा।
"अच्छा है," वो बोली। "नया शहर, नए लोग।"

वो हल्का सा हँसा। "कुछ चीज़ें हर शहर में साथ चलती हैं।"

लाइन के उस पार कुछ पल की खामोशी थी। फिर उसने कहा, "मैंने तुम्हें ढूँढा नहीं।"
"और मैंने तुम्हें रोका नहीं," वो बोली।

कॉल कट हो गई।

वो देर तक फोन देखता रहा। बाहर शहर शांत था। उसे समझ आया कि दूरी से रिश्ते नहीं टूटते—वो बस दूसरे शहर में ज़िंदा रहते हैं, नए पते के साथ।

कहानी 11 – इंतज़ार अब भी बाकी है

वो खुद को कभी इंतज़ार करने वाला इंसान नहीं मानता था। उसे लगता था कि इंतज़ार कमज़ोरी होती है। लेकिन ज़िंदगी ने धीरे-धीरे उसे सिखा दिया कि कुछ इंतज़ार मजबूरी नहीं होते—वो आदत बन जाते हैं।

हर शाम वो उसी पार्क में आकर बैठता था। कोने की वही बेंच, जहाँ कभी वो दोनों साथ बैठे थे। तब बातें होती थीं, हँसी होती थी। अब लोग होते थे—पर वो अकेला होता था।

बच्चे खेलते, बुज़ुर्ग टहलते, कुत्ते दौड़ते। ज़िंदगी अपने पूरे शोर के साथ चलती रहती। और वो, उसी शोर के बीच, चुपचाप बैठा रहता।

"अब भी आते हो?"
एक दिन किसी जान-पहचान वाले ने पूछा।

वो मुस्करा दिया। "आदत हो गई है।"

असल में, आदत से ज़्यादा उम्मीद थी—छोटी-सी, ज़िद्दी-सी।

फोन जेब में रहता। साइलेंट पर। फिर भी हर नोटिफ़िकेशन पर दिल एक पल को तेज़ हो जाता। नाम कभी नहीं आता। फिर भी फोन वापस जेब में रख दिया जाता—जैसे अगली बार ज़रूर आएगा।

साल बीत गए।

दोस्तों की ज़िंदगी आगे बढ़ गई। किसी की शादी हो गई, किसी के बच्चे हो गए। किसी ने शहर बदला, किसी ने सपने। वो वहीं रहा—उम्र में नहीं, मन में।

एक दिन बारिश होने लगी। वो बेंच पर ही बैठा रहा। लोग भागकर छतों के नीचे खड़े हो गए। कपड़े भीगते रहे, बाल गीले हो गए। उसे फर्क नहीं पड़ा।

घर लौटते वक्त उसने खुद से कहा, “अब बस।”
अब नहीं।

अगले दिन, वही समय, वही बेंच।

क्योंकि कुछ इंतज़ार किसी और के लिए नहीं होते—वो खुद से किए गए वादे होते हैं। और कुछ अधूरी कहानियाँ खत्म नहीं होतीं—वो धीरे-धीरे इंतज़ार बन जाती हैं।

और उसका इंतज़ार...

अब भी बाकी था।

कहानी 12 – अधूरी कहानी

कुछ कहानियाँ शुरू होते ही पूरी होने का वादा नहीं करतीं। वो बस साथ चलने का भरोसा देती हैं—बिना मंज़िल बताए। उनकी चाल धीमी होती है, और अंत अक्सर खामोशी में छुपा रहता है।

इस कहानी में भी ऐसा ही था। कहीं ट्रेन छूट गई, कहीं चाय ठंडी हो गई। कहीं शब्द समय पर नहीं मिले, तो कहीं सच आधा रह गया। किसी ने रोका नहीं, और किसी ने मुड़कर देखा भी नहीं। बीच में ज़िंदगी आ गई—अपने सारे कामों, जिम्मेदारियों और फैसलों के साथ।

वो लोग गलत नहीं थे। बस सही समय पर सही जगह नहीं थे। उन्होंने एक-दूसरे को तोड़ा नहीं—बस थाम नहीं पाए। और कई बार इतना ही काफी होता है किसी कहानी को अधूरा छोड़ने के लिए।

समय बीतता गया। शादी हुई, घर बने, बच्चे हुए। बाहर से सब कुछ पूरा दिखता रहा, लेकिन भीतर कहीं एक

पन्ना खाली रह गया—ऐसा पन्ना, जिस पर कुछ लिखा जा सकता था, पर लिखा नहीं गया।

फिर भी, उस खाली पन्ने में कड़वाहट नहीं थी। वहाँ स्वीकार था—ये समझ कि हर कहानी का पूरा होना ज़रूरी नहीं। कुछ कहानियाँ इसलिए होती हैं ताकि इंसान बेहतर बन सके, थोड़ा शांत हो सके, और आगे बढ़ते हुए पीछे मुड़कर मुस्करा सके।

क्योंकि पूरी कहानियाँ अक्सर खत्म हो जाती हैं।
और अधूरी कहानियाँ—साथ चलती रहती हैं।

ये कहानी भी पूरी नहीं हुई।
शायद इसलिए कि ये किसी एक की नहीं थी—हम सबकी थी।

अधूरी कहानियाँ

www.ingramcontent.com/pod-product-compliance
Lightning Source LLC
LaVergne TN
LVHW051010051026
849532LV00005B/1886